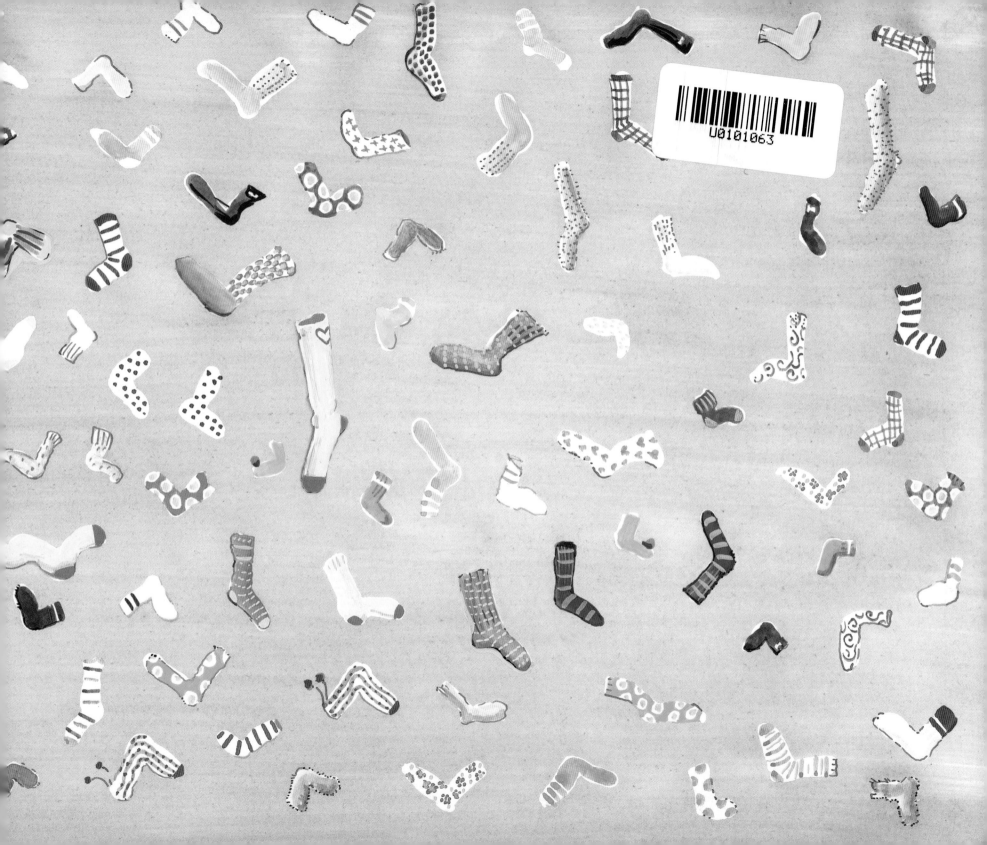

图书在版编目（CIP）数据

我的袜子在哪里？ /（荷）凯特编绘；陶芊儿译． － 济南：明天出版
社，2012.10
（来自伦勃朗和梵高故乡的图画书）
ISBN 978-7-5332-7108-4

Ⅰ．我… Ⅱ．①凯…②陶… Ⅲ．①儿童文学－图画故事－荷兰－
现代 Ⅳ.I563.85

中国版本图书馆CIP数据核字(2012)第196457号

责任编辑/张富华　　美术编辑/于　洁

N ederlands
l letterenfonds
dutch foundation
for literature

M **S**
Mondriaan Stichting
(Mondriaan Foundation)

The publishers gratefully acknowledge the support of the Dutch Foundation for
Literature and the Mondriaan Foundation.
真诚感谢荷兰文学基金会与蒙德里安艺术基金会对本书出版的资助。

我的袜子在哪里？

文·图/ [荷] 玛利克·坦·凯特　　翻译/陶芊儿

出版人/胡鹏　　出版发行/明天出版社　　地址/山东省济南市胜利大街39号
网址/http://www.sdpress.com.cn　　http://www.tomorrowpub.com
经销/各地新华书店　　印刷/利丰雅高印刷（深圳）有限公司
版次/2012年10月第1版　　印次/2012年10月第1次印刷
规格/280×225mm　　16开　　印张/1.5
ISBN 978-7-5332-7108-4　　　　定价/29.80元
山东省著作权合同登记号：图字15-2011-096号

Waar is mijn sok?

Text and illustrations: Marijke ten Cate

Copyright © 2009 by Marijke ten Cate

Originally published by Lemniscaat b.v. Rotterdam 2009

Chinese language edition arranged with Lemniscaat b.v.

Chinese language copyright © 2012 by Tomorrow Publishing House

如有印装质量问题，请直接与出版社联系调换。

我的袜子在哪里？

[荷] 玛利克·坦·凯特/文·图

陶芊儿/译

明天出版社

我的条纹短裤在哪里?

我的蓝背心在哪里？

我的黄袜子在哪里?

我的牛仔裤在哪里？

我的红毛衣在哪里?

我的斑点鞋在哪里?

我的绿夹克在哪里？

现在，我们一起出去玩吧！

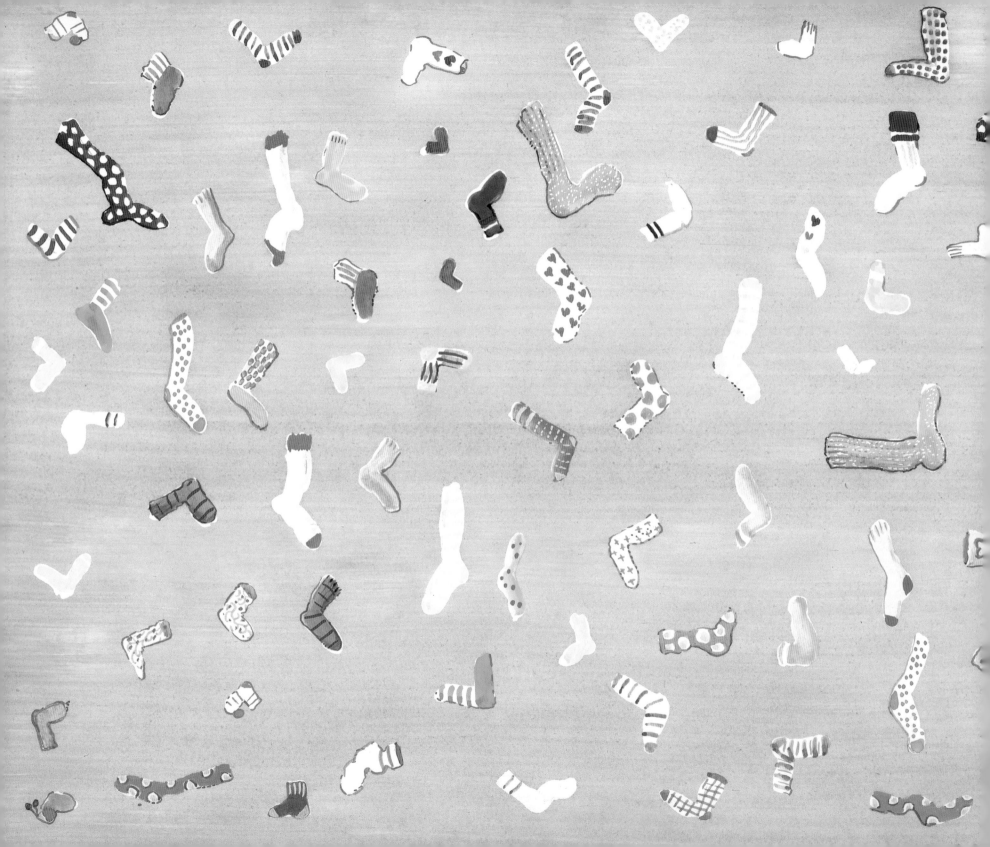